BBAGENCIA

EL ORIGEN DE LUNA

BBAGENCIA EL ORIGEN DE LUNA

DAVID MILAGROS GONZÁLEZ

ola
PUBLISHING
INTERNACIONAL

Hola Publishing Internacional
Eugenio Sue 79, int. 4, Col. Polanco
Miguel Hidalgo, C.P. 11550
Ciudad de México, México

Primera edición, Enero 2024
ISBN: 978-1-63765-549-8

PERSONAJES

David Sandoval

Princesa Agua Luna

Ruth Vallantain

Itzel Sandoval

Capitán Rox

General Can

Ana Rosa

Rey Lux

Rey Berius

Canciller

LÍNEA DE TIEMPO PERSONAJES BBA

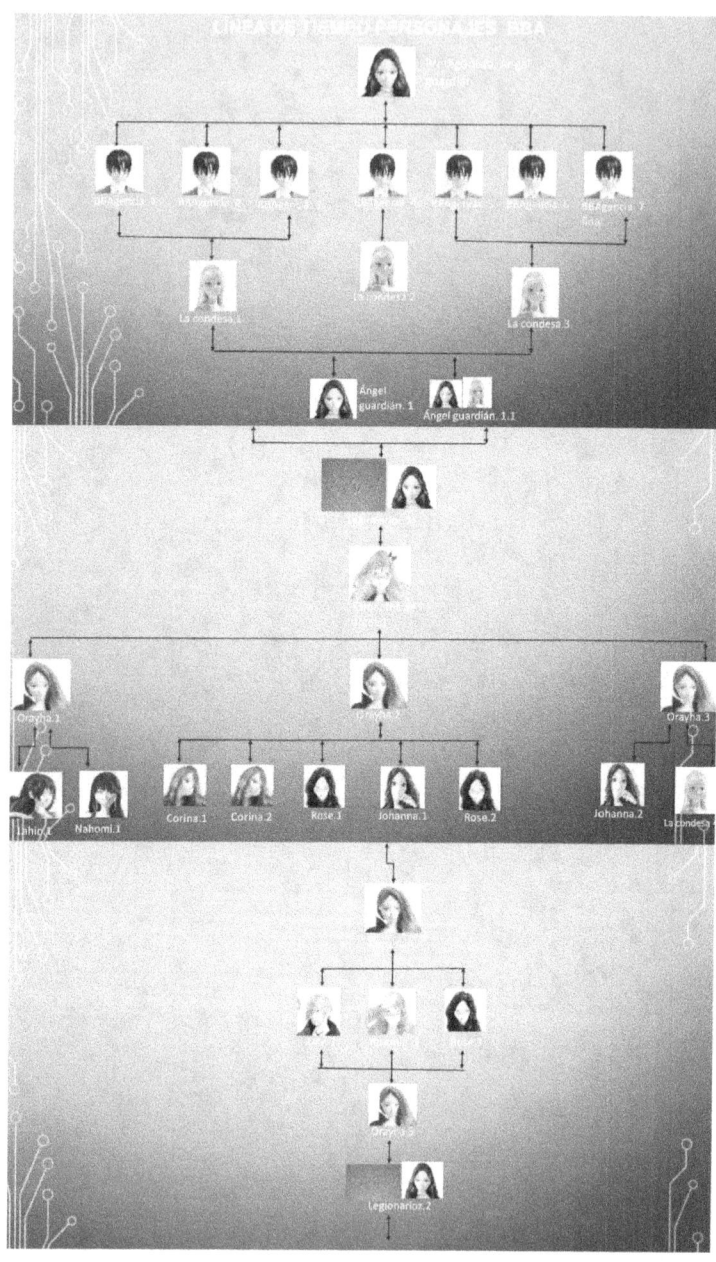

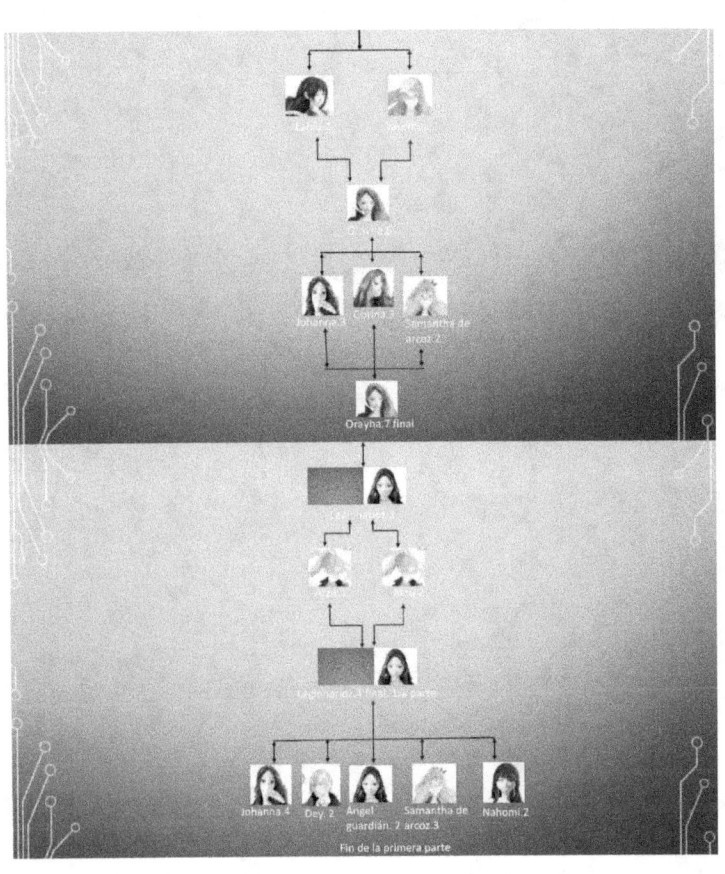
Fin de la primera parte

ÍNDICE

EL PRINCIPIO DE TODO

Argentina se ha vuelto un imperio poderoso gracias al anillo de los grandes sabios, una magia ilimitada. Con un poder de semejante grandeza, para conquistar o destruir, Argentina se volvió poderoso y ahí se formó la familia real y, con ella, dos nuevos imperios: la Ciudad de Sión y la Ciudad de Jacob. Estas dos poderosas ciudades conforman la nación de Argentina.

El Ejército Imperial, dirigido por el Rey Berius, lleno de ambición, armamento y tecnología avanzada, ha logrado conquistar otras naciones. El anillo de poder de los sabios formó una cúpula impenetrable para proteger Argentina, de ese modo, hemos estado en paz por dieciséis largos años.

Con el pasar de los años, el Príncipe León, junto a su madre, Reina de la Ciudad de Jacob, llegó a las fronteras de Sión, pero, para ese entonces ya habíamos sido traicionados. El Ejército Imperial atacó con toda su fuerza, la madre del Príncipe León muere, pero el Príncipe es protegido por sus guardias, y yo, la Princesa Agua Luna, soy protegida por mi padre, el Rey Lux, de Sión.

Corremos y veo al Príncipe León. Él me ve con tristeza y nos alejamos el uno del otro.

—¡Luna, no te vayas!

—¡León, volveré por ti! Te lo prometo — promesa que hoy en día no he cumplido.

Mi padre, con el poder del anillo, peleó hasta el final contra el General Can, un gran soldado que antaño estaba de nuestro lado y, traicionado por su propia ambición, se unió al Imperio.

—¡General Can! ¿Por qué nos traicionas? — preguntó el Rey al enterarse.

Hoy en día corre el año de oro 2080, vivimos en paz, pero la guerra es inminente y llegará el día en que tendremos que pedir ayuda a los agentes de la BBA.

Y aquélla mujer que creíamos dormida ha despertado con más furia que el hombre sentado a su lado, y con ella traerá dolor y sufrimiento a los pequeños pueblos a su alrededor, entonces ya no hay uno, si no hay dos activos.

* * *

Mi nombre es David Sandoval, nací el 25 de Diciembre del 2055, vivo con mi hermana Itzel. Somos huérfanos, mis padres fallecieron en un accidente.

Soy un joven humilde que vive en la Ciudad de México, ahora se llama Distrito 21. Soy sencillo, tengo anhelos y sueños, junto a mi hermana Itzel me dedico a vender dulces en el mercado. A pesar del mundo en el que vivimos y la tecnología que tenemos, aún sigue existiendo la pobreza, y yo, David Sandoval, soy uno de ellos.

David Sandoval, él es feliz así, junto a su hermana, pero él tiene un gran secreto.

Sus amigos, vecinos, conocidos, lo aprecian mucho, pues saben que es un joven trabajador, como su hermana, a pesar de que perdieron a sus padres hace varios años en un accidente.

—Hermana, me voy a trabajar. Cuídate mucho.

—Sí, hermanito, tú también. Nos vemos.

Itzel sé queda en casa a hacer las labores de limpieza y de más, y David Sandoval se pone a vender sus dulces en el mercado.

RUTH

Lomas de Chapultepec, ahí vive una hermosa joven rusa, Ruth Vallantain. Ella baja de su auto deportivo, demasiado lujoso. Ella lo tiene todo, su familia es una familia muy poderosa en Rusia.

Entonces, Ruth Vallantain baja de su coche, su belleza es inmensa y todo hombre desea tenerla: rubia, ojos azules, más de un metro y medio de altura.

—¡Bienvenida de vuelta, joven Ruth!

—Muchas gracias.

—¿Cómo le fue en su viaje a Bélgica?

—Muy lindo, eso es todo lo que te puedo decir. ¿Ya llegaron mis padres?

—Por desgracia, no. Ellos salieron, volverán más tarde, pero su novio, Roberto, la espera con ansias, joven Ruth.

—¡Qué! ¿Roberto está aquí? Maldita sea, ese niño no me deja ni respirar.

Ruth entra a su habitación sin ganas de ver a nadie, su casa es una mansión lujosa de mármol, con mucha servidumbre. Ruth lo tiene todo, sin embargo, se le ve una tristeza en los ojos. Su relación es enfermiza y no hay día que la joven no llore, ha llegado a recibir golpes de Roberto. Ruth se acomoda en su cuarto y lo ignora.

—¿Así recibes a tu novio, Princesa Mía?

—¿Cómo quieres que te reciba? Verte no me pone feliz.

—¿Quién es el único que te ha apoyado hasta el final? Eres mi prometida y vamos a estar juntos te guste o no.

—¡Me estás amenazando!

—Tómalo como quieras, de todas maneras vas a ser mía.

¡Adiós, amor mío! Me da gusto verte otra vez.

Ruth, molesta, espera a que Roberto se retire y comienza a gritar:

—¡Ya no lo soporto, ya no lo soporto! Quisiera encontrar a alguien que me ame de verdad.

* * *

David Sandoval vende sus dulces día con día, pero no reúne lo necesario, reúne sólo hasta 300,000 al día. La economía parece haber mejorado mucho, pero, aun así, los ricos generan mucho más que la gente pobre.

Itzel espera a que su hermano llegue a casa y se molesta cuando David le habla sobre el dinero que reunió. Itzel le contesta muy enojada:

—Otra vez lo mismo.

—¿Qué esperas, Itzel? Ya sabes cómo son las cosas allá afuera.

—No nos merecemos esto. Solíamos vivir como…

—¿Cómo qué? Termina de decirlo.

—Maldita sea, tú no entiendes nada, ¿verdad? ¡Éramos los guardianes de la Princesa de Argentina y ahora vivimos en la miseria!

—Sabes muy bien por qué tuvimos que huir.

—Sí, claro: Centro Lunar, el Ejército Imperial, la persecución… nada de eso lo justifica.

—Te avergüenzas de esto, Itzel, lo sé. Pero no tienes que repetírmelo.

—Me avergüenzo.

David no le contesta a su hermana. Aunque bien conoce sus sentimientos, no soporta escucharlo. Mientras David Sandoval pelea con ella, se dibujan relámpagos en el cielo, se alcanzan a oír los truenos y la luna se esconde de vergüenza.

David Sandoval se pone muy triste. Los hermanos se van a dormir sin hablarse.

* * *

Al otro día, Ruth Vallantain está ante la puerta de su colegio. Sus guardaespaldas se retiran y Ruth decide no entrar.

Se va a caminar, sola, y piensa en una manera de cambiar su vida. Entra al mercado y observa todo a su alrededor hasta que se acerca a un joven para comprarle dulces. Ese joven es David Sandoval.

Sandoval, al verla, se cautiva por su belleza ella y le sonríe. Ella pregunta por el precio de los dulces y compra unos chocolates. Platica un momento con él y luego se retira, pero, durante la transacción, a Ruth se le cae una cadena de oro.

Sandoval ve la cadena y la toma, sabe que es de la joven y la busca, pero Ruth ya no está cerca. David se lleva la cadena.

Después de un rato, Ruth llega a su casa y se da cuenta de que le falta su cadena y se preocupa mucho, esa cadena se la dio Roberto.

Sandoval no deja de pensar en ella, sigue cautivado. Por otro lado, Ruth sólo está preocupada: Roberto está de visita.

—¿Y la cadena que te di? No la traes puesta.

—Tuve que quitármela.

Roberto nota que se pone nerviosa y la agarra del cabello:

—Ya sabes que no me gustan las mentiras…

—Es en serio, me la quité un rato. Ya me la voy a poner.

—¡Perra mentirosa! — y le da un golpe en la cara

Ruth se pone a llorar.

—Quiero verte esa cadena puesta. Si no, te voy a matar.

* * *

Ruth pasa la noche llorando y al otro día se va al colegio, pero, antes de entrar, cuando sus guardaespaldas se retiran, vuelve al mercado.

David Sandoval lleva sus cosas al mercado y vuelve a ver a la hermosa chica, se emociona y va tras ella.

—Hola, disculpa, ¿te acuerdas de mí?

—¿Me estás siguiendo?

—La verdad... sí, ¡pero es porque tengo algo tuyo!

—¿Y qué es?

David no responde, sino que le enseña su cadena

—¡Es mi cadena! Muchas gracias. No sabes cómo te lo agradezco. Bueno, tengo que irme al colegio. Estudio justo al lado. Nos vemos.

Antes de que huya, David le pregunta por su nombre y ella le dice:

—Ruth Vallantain.

—David Sandoval.

—Pues mucho gusto... y gracias de nuevo. Adiós.

Ruth se mete al colegio y Sandoval se queda pasmado, como encantado por ella.

Saliendo del colegio, Ruth lo busca para agradecerle, ella tampoco puede dejar de pensar en él. Cuando lo ve se emociona y los jóvenes platican un buen rato. Ruth lo invita a una fiesta que va a dar y David acepta, tan agradecido como ella.

—No tienes nada que agradecer, te espero. Adiós.

Los dos se miran fijamente, como si se conocieran de toda la vida.

* * *

Llegando a su casa, Sandoval le cuenta todo a su hermana y a su hermana no le gusta la idea:

—¿La acabas de conocer y ya te invito a una fiesta? Se me hace raro.

Sandoval le plática sobre la cadena.

—¿Y cómo se llama la niña?

—Ruth Vallantain.

—Ruth… ¡que nombre!

—Dijo que nos espera en la entrada del mercado y de ahí vamos todos a la fiesta.

—¿Le hablaste de mí? ¡Ay, David!

* * *

Al otro día, Ruth los espera en el mercado

—Hola, gracias por venir.

—No, gracias a ti por la invitación. Te presento a mi hermana, Itzel.

—Mucho gusto, soy Ruth.

Se suben al coche y se van a la casa de Ruth. Itzel se queda con la boca abierta al ver la casa de Ruth, una mansión gigantesca. Pero, al entrar, todos los miran mal: ellos están vestidos elegantemente, Itzel y Sandoval no.

Ruth los presenta con sus amigos.

—¡Amiga Ruth! Dime una cosa, ¿quiénes son esos amigos tuyos que vienen vestidos tan extraños? Nos hacen ver mal.

—Son muy raros.

—ÉlÉl es David Sandoval y su hermana Itzel.

A ellos no les agradan completamente.

Entonces llega Roberto y Ruth empieza a ponerse nerviosa cuando se acerca directamente a ella.

—Ruth — es lo único que le dice.

—Mira, él es mi amigo y ella su hermana.

Roberto se queda sorprendido:

—Estos quiénes son.

Ruth le cuenta toda la historia y, ni bien termina, Roberto la agarra el brazo con fuerza y la aparta de la gente.

—¿Por qué lo invitaste?

—Sólo es un amigo, no te preocupes, amor.

—No soy tonto.

—¡No, amor, yo no quiero hacerte sentir mal para nada!

—¿Me estás viendo la cara?

Itzel se hace amiga de varias personas. Ella es ambiciosa y quiere tener una vida de lujos.

La fiesta continúa y todos se divierten menos Sandoval: muchos lo hacen a un lado.

Al final, Ruth se despide de él. Roberto los ve de lejos y se llena de ira.

EL AMOR DE SANDOVAL Y RUTH

Los días pasan, Ruth y Sandoval se siguen comunicando. En ocasiones, ella no va al colegio para irse a platicar con él. Así se pasan las horas, los días, y ellos se siguen viendo. Ruth no deja de pensar en él, se pregunta, *¿por qué estoy pensando en él? No dejo de ver su rostro.*

Ruth está empezando a sentir algo por él y Sandoval por ella.

Hasta que un día, Roberto ve a Ruth platicando con David Sandoval por teléfono y se llena de enojo, obligándola a colgar la llamada. Le da un golpe en la cara.

Ruth se espanta y se encierra en un cuarto. Roberto golpea la puerta hasta derribarla. Ruth toma el teléfono y vuelve a llamar a Sandoval.

—Ruth, ¿qué es lo que pasa? Escucho gritos.

—¡Ayúdame, por favor! Me quiere matar, tengo miedo.

—¿Quién?

—Mi novio. ¡Ayúdame! — no puede dejar de gritar —. ¡Ayúdame!

—Tranquila, voy para allá. No te preocupes.

Pero Roberto la golpea hasta dejarla inconsciente y ensangrentada.

Sandoval llega a casa de Ruth y le dice a sus guardaespaldas que ella está en peligro, que lo dejen entrar, y sale corriendo hacia la habitación.

Sandoval encuentra a Ruth golpeada y la carga rápidamente. Los guardaespaldas llaman a una ambulancia, pero, para la mala suerte de Sandoval, en ese momento llegan los padres de Ruth y lo ven con su hija ensangrentada.

—¡Quién eres tú! ¿Qué le hiciste a nuestra hija?

Sandoval se pone nervioso y los padres de Ruth llaman a la policía. Pero los guardaespaldas intervienen:

—¡Este joven nos avisó lo de su hija! Al parecer, Roberto estaba con ella pero se fue misteriosamente, ¡él ya no está aquí!

Los padres de Ruth no esperan a la ambulancia, se llevan a Ruth al hospital y pasan las horas. Parece que todo el cuerpo de Ruth está entubado.

* * *

Tres días después, Ruth despierta y le cuenta todo a sus padres: cómo Roberto la ha golpeado a través de sus cinco años de noviazgo.

Sus padres se ponen furiosos y van tras Roberto. Los guardaespaldas le dan a Roberto una golpiza y le advierten que nunca más se acerqué a la hija de la familia Vallantain, que no se acerque a Ruth, o lo van a matar.

Roberto se espanta y desaparece para nunca más volver. Por otro lado, los padres de Ruth le piden perdón a Sandoval, pues él salvó la vida de su hija. Los días pasan y Ruth se recupera rápidamente, agradecida con Sandoval. Ella lo acaricia con cariño. Empiezan a verse aún más seguido.

* * *

Un día, Itzel revisa su correo y ve un mensaje en el que la invitan a una sesión fotográfica, ella sueña con ser una gran modelo. Feliz le pide a su hermano que la acompañe.

Sandoval la acompaña a la sesión fotográfica, contento de verla tan feliz . Mientras tanto, un productor afirma que ella es la indicada para la portada de su revista. Itzel es elegida.

El productor habla con ella y le dice que les gustan las fotos que le han hecho y que la quiere para las pruebas. Itzel se pone muy feliz porque su sueño por fin se va a cumplir.

Después de dos semanas, la eligen en un casting de modelaje para un proyecto muy grande, pero este proyecto es en Londres e Itzel tiene que irse a más tardar en dos semanas.

Al escuchar esta noticia, Sandoval se pone un poco triste y le cuenta todo a Ruth.

—Deja ir a tu hermana, si ella es feliz, que cumpla su sueño.

—¡Me voy a quedar solo!

—Me tienes a mí, no vas a estar solo.

Sandoval le toma las manos con cariño, agradecido.

* * *

Las dos semanas pasan y llega el momento de despedirse. En el aeropuerto, David se despide de su hermana, pero Itzel se arrepiente y se niega a dejarlo. Él le pide que se vaya, que persiga su sueño y salga adelante. Le da un beso y ambos se abrazan, lloran, no se quieren soltar.

Pero se sueltan y se miran con una profunda tristeza.

Itzel se sube al avión y su hermano la observa despegar.

—¡Estaré esperándote, hermanita! — le grita Sandoval. Luego camina solo y triste por las calles.

Al otro día se levanta a trabajar y su hermana ya no está ahí para despedirlo, está solo.

En el mercado, Sandoval triste; llega su casa y la casa vacía, triste. Su hermana solía recibirlo, pero esta vez no hay nadie, triste. Sandoval se pone a llorar.

En ese momento tocan la puerta: es Ruth. Él se emociona al verla y ella le pregunta:

—¿Cómo te sientes?

—Es extraño ya no ver a mi hermana.

—Pero yo estoy contigo — y lo besa.

Sandoval se emociona y le devuelve un apasionando beso. Ella le dice que lo ama.

En ese momento suena el teléfono, un pequeño teléfono que tiene Sandoval. Él contesta y se pone nervioso, muy nervioso. Ruth le pregunta quién es y Sandoval dice:

—Nadie.

Ruth no le cree, piensa que le oculta algo. Sandoval se pone muy grosero y corre a Ruth de su casa. Ruth, muy molesta, se va, y Sandoval se queda nervioso.

EL SECRETO

La llamada había sido de unos de sus compañeros de la BBA, le avisaba que Centro Lunar había obtenido una piedra más, lo que significaba que sólo faltaban tres para que ellos tuvieran el control total del mundo.

Sandoval tiene una de las tres piedras faltantes. Son siete en total.

Al otro día, Sandoval va a ver a Ruth para pedirle perdón por su comportamiento.

—¡Me corres de tu casa y ahora me pides perdón!

—Todo tiene una explicación. Por favor.

—¿La explicación es acaso esa llamada que tuviste?

—Sí...

—Está bien, te perdono. Con la condición de que salgamos todo el día tú y yo solos.

—Muy bien, entonces vamos.

Se la pasan todo el día juntos, del parque al cine y a comer después de un rato. Ruth lo mira a los ojos y le dice:

—¿Quieres ser mi novio?

—Esa pregunta se supone que la tengo que hacer yo.

—Pues te gané — ríe Ruth —. ¿Entonces sí o no?

—Sí quiero — y se besan con pasión y amor.

Llegando a casa de Ruth, ven una película y juguetean un rato, se miran y se entregan el uno al otro. Se acuestan y se quedan dormidos.

Despiertan desnudos y se ríen por lo que pasó lo noche anterior.

* * *

Llegando a casa de Sandoval, Ruth escucha su teléfono sonar. Sandoval contesta, nervioso otra vez. Ruth le pide que se tranquilice y le diga lo que pasa, pues tarde o temprano ella se va a enterar. Sandoval accede a contarle todo.

Ruth escucha atentamente y Sandoval saca una caja y de la caja una piedra dorada. Le cuenta sobre las siete piedras y sobre una organización secreta llamada Centro Lunar que las busca.

—Si logran conseguir las siete piedras, será el fin del mundo. Estas piedras tienen un poder inimaginable, son capaces de destruir una ciudad entera. La piedra que yo tengo es la séptima y última, dentro, está encerrada una hechicera llamada Vania que intentó destruir al mundo hace muchos años. Grandes hechiceros la enfrentaron y la encerraron aquí — Sandoval señala la piedra de oro —. Centro Lunar quiere esta piedra no para liberar a Vania, sino para usar su poder y destruir al mundo.

Ruth parece no creerle.

—No me crees, ¿verdad?

—No…

—Bueno, ¿qué te digo? Todo lo que te conté lo sé por la Princesa Agua Luna.

—¿Dijiste la Princesa Agua Luna?

—Sí, yo fui su protector en Buenos Aires, antes de que el Ejército Imperial atacara y destruyera la Ciudad de Sión.

—¿Cómo? ¿Por qué tú?

—Yo era un agente de la BBA.

—Esa es una agencia secreta… ¿agente de la BBA?

—Te contaré todo — David toma aire —. Llamé a todos mis compañeros del sector B de la BBA, ya les informé que Centro Lunar se acerca de nuevo. Creo que tengo que volver como un agente de la BBA. Verás, yo no siempre he vivido de esta manera — el joven se levanta y toma la Ruth de la mano —. Ven conmigo, te contaré todo lo que sé sobre la Princesa Agua Luna.

—¿Cómo la conociste? ¿Por qué tienes tú la séptima piedra?

En la cara de Sandoval se refleja consternación.

—Ok — dice Ruth, comprensiva —, vamos a un restaurante. Ahí me contarás todo.

* * *

Se sientan a comer en un restaurante lujoso en Santa Fe y Sandoval le cuenta todo.

—Muy bien, amor, cuéntame todo.

—Me hice pasar por pobre para que no pueda encontrarme.

—¿Centro Lunar?

—Sí — David suspira —. Pues bien, todo comenzó cuando mi hermana Itzel y yo entrenábamos en la agencia. Fue un día normal hasta qué nuestra superior nos llamó a los para encargarnos una misión muy importante. Nos pidió que fuéramos a Argentina, a la capital, para proteger a la Princesa de la familia real. Mi hermana y yo aceptamos rápidamente, queríamos conocer otros países y Argentina parecía un buen lugar para empezar. Nos fuimos para Buenos Aires, a la nueva Ciudad de Sión.

CONOCIENDO A LUNA

Y los pilares de la Nueva Gran Ciudad, más poderosa que la anterior, caerán, se romperán y la Nueva Gran Ciudad se derrumbará bajo los pies del Dragón.

Argentina, Buenos Aires, la Nueva Ciudad de Sión

El Rey Lux estaba preocupado por su hija Agua Luna, era doce de enero del 2080, Argentina estaba en una guerra interminable.

—Rey Lux, ¡no podemos continuar, tenemos que encontrar una solución!

—¿Y qué solución propones tú?

—Unirnos al Imperio.

—Es una blasfemia, eso nunca lo voy a permitir.

—¿Qué otra solución hay?

—Ya sé me ocurrirá algo.

—Hermanita, ¿lista para ir a Sión?

—Sí, veremos qué pasa.

—Dicen que la hija del Rey, la Princesa Agua Luna, es preciosa.

—Sí, ya veremos, Itzel.

—El Rey Lux está muy preocupado, tiene que pensar qué es lo que va a hacer con el Imperio. Son muy poderosos y él Rey tiene pocos soldados.

El Rey escuchó que hablaban de él y se volteó. Dijo:

—¿Qué es lo que pasa?

—Su Alteza, han enviado a un mensajero a la ciudad para negociar.

—¿Hasta acá? ¿Quién lo envía?

—El Canciller del Ejército Imperial.

Al oír las palabras de su guardia, el Rey entró en cólera:

—¡Cobardes! Envían a su "canciller".

—¿Quiere que lo haga pasar?

—Que entre.

El Canciller entró con un sombrero rojo y grande, con una gabardina roja, elegante y brillante, sonriendo hipócritamente. Comenzó a hablar:

—No es necesaria la presentación, usted ya me conoce, ¿no es así "su alteza"? Estoy aquí para hacer una propuesta muy decorosa, le va a encantar.

—¿Espera que confíe en usted?

—No tiene elección. Usted, como yo, quiere que termine esta absurda guerra, no queremos que muera más gente. Velamos por la paz, no por la guerra, pero esto le concierne a usted, ¡oh, Mi Rey! Lo que le propongo es una estrategia: usted, el Rey Lux de la ciudad de Sión, deberá dar voluntariamente la mitad de sus terrenos al Imperio. Y, por supuesto, tendrá que declarar ganador al Imperio.

—¿Esa es su propuesta, Canciller?

—Eso es todo... Ay, ¡pero cómo se me olvidaba! Hay otra cosa: su hermosa hija, la Princesa Agua Luna, de la Ciudad de Sión, y el Príncipe León, de la Ciudad de Jacob, ellos deberán casarse. Sólo así terminaremos con esta guerra.

El Rey Lux lo miró con dureza, claramente en desacuerdo con el tratado.

—Lo veo molestó, Majestad. Y lo siento, pero esas son las condiciones. Usted decide cuál es el mejor camino para su querida ciudad, fue un honor platicar con usted. Hasta pronto —el Canciller se retiró con una sonrisa de frialdad.

Al mismo tiempo, David Sandoval y su hermana Itzel llegaron a Sión, maravillados de lo hermosa que era la ciudad de la realeza latina.

El Rey Lux se reunió con todos sus concejales, quienes empezaban a debatir sobre la mejor opción para la Ciudad de Sión.

El Rey, triste, admitió estar demasiado viejo para pelear, pero sus concejales no estaban de acuerdo. A pesar de su desacuerdo, terminar la guerra era la mejor decisión, entonces se llegó a la conclusión final: se aceptarían los términos de Ejército Imperial.

Con una lágrima sobre la mejilla, el Rey aceptó, se levantó de la mesa y se retiró, triste por haber aceptado casar a su hija con el Príncipe León.

Agua Luna, la Princesa, estaba sentada en sus aposentos, observando todo lo que ocurría alrededor. Ella también estaba triste y se preguntaba, *¿por qué el Ejército Imperial quiere que me casé con el Príncipe León? ¿Que están tramando?*

Luna intentó salir de su habitación, pero su hermano entró y le interrogó:

—Sólo quiero salir.

—Lo siento, pero no te puedo dejar salir, es por tu seguridad, hermanita.

—Soy tu hermana, no tu prisionera.

—Puedo contarte la razón de tu boda.

—¿Tú la sabes? Dímelo.

—Tu matrimonio nos conducirá a la paz.

—No sabes lo que dices, sólo nos usan — dijo ella con un resoplido.

—¿Por qué lo harían?

—Por el poder del anillo, no les interesa el trono de Sión. Pero hay algo que ellos no saben.

—¿Qué?

—Ya lo sabrás…

—Eres una tonta.

Entonces, su hermano la encerró y Luna se puso a llorar.

* * *

David Sandoval y su hermana llegaron al Palacio Real, y, primero que nada, conocieron al Capitán

Rox. Este les dio la bienvenida y ellos le agradecieron por recibirlos.

—Nos sentimos honrado de estar aquí — dijo Sandoval.

—Sí, sobre todo mi hermano, qué esta emocionado de conocer a la Princesa — completó Itzel.

—Y claro que la conocerán, su misión es protegerla. Bueno, los acompañaré a los dos a su habitación.

El Capitán los llevó a un hotel muy elegante con todas las comodidades. Esa tarde se dieron un banquete, se metieron a bañar y se preparan para dormir.

A la mañana siguiente todo mundo se preparaba, pues la noticia sobre la llegada del Imperio ya había corrido.

La Princesa Luna salió de sus aposentos y se subió a un auto deportivo muy elegante. Pero la detuvo el Capitán Rox:

—Mi Princesa, aquí está su nuevo protector. Si baja del auto podrá conocerlo.

Sandoval y su hermana estaban frente al auto cuando Luna bajó de este. Sandoval se quedó maravillado con su belleza y le susurró a su hermana:

—¡Qué hermosa es!

—Ay, hermano, para ti todas son hermosas.

—Ja, ja, ja, qué te digo — se volvió a hacia la Princesa y a ella le dijo, en voz alta —. Princesa, mi nombre es David Sandoval, soy un agente de la BBA.

—¡Vaya! Eres de esa agencia. Ya me siento más protegida.

—Mil gracias — Sandoval se volvió hacia su hermana —. Ella es mi hermana, Itzel.

—Es un gusto.

Sandoval subió con la Princesa al coche y dieron rumbo al Palacio.

Llegando ahí, Luna se encontró con su padre.

—¡Padre mío!

—Hija, me alegra que estés aquí.

—Padre, dime por favor que los rumores que corren son reales.

—Me temo que sí.

—Yo no lo temo, padre. Si crees que ese es el camino correcto, así será, pero tengo miedo de que no cumplan con su palabra.

—No tenemos opción. ¿Sabes?, están aquí por el anillo.

—¡Pero si hemos cambiado las cosas! Y los grandes sabios lo saben: "sólo el digno Rey podrá usar el poder del anillo". No cualquiera podrá usarlo.

—Lo sé, hija mía.

—Pero hay un poder más grande dentro del anillo, una de las siete piedras dora...

—Basta, hija. No podemos ni pensarlo.

—¿Por qué no, padre?

—Fue una promesa qué se le hizo a la Princesa Esmeralda y a las Protectoras Wiccans. Sólo alguien digno podrá usar una de las piedras doradas, pues son más poderosas qué el mismo anillo — el Rey hizo un pausa cargada de angustia —. Hija mía, no perdamos tiempo, ve con el Príncipe León a la Ciudad de Jacob.

—No, padre, ¡no lo haré! A donde quiera que vaya, el Ejército Imperial me perseguirá, y no puedo poner en peligro al Príncipe.

Sandoval escuchaba todo lo que se decía entre el Rey y su hija. Entonces Luna se despidió de su padre y él la acompañó al auto.

El Rey se quedó quieto, pensando en lo que su hija le ha dicho sobre las siete piedras doradas.

LA LLEGADA DEL IMPERIO

Un helicóptero llegó a la Ciudad de Sión y de él bajó el Rey Berius del Ejército Imperial. Junto a él iba el Canciller, quien se le acercó al Rey Lux para ser recibido junto con sus hombres.

—Bienvenido sea Usted, Rey Berius.

—¡Vaya, pero qué recibimiento! En verdad se lo agradezco.

—No tiene nada que agradecer. Esto es histórico para nuestras ciudades, ¿no lo cree?

—Tiene toda la razón.

Mientras el encuentro entre los reyes tuvo lugar, muchos reporteros y medios de comunicación estuvieron atentos y en el Palacio se preparó una cena muy especial. Los invitados fueron llegando y, dada la noche, se prepararon para la cena.

Fuegos artificiales recibieron al Rey Berius junto con muchos aplausos, pues su tratado terminaba con la guerra. David Sandoval y su hermana se mantuvieron al lado de Luna, cuidándola.

El Rey Berius se acercó al Rey Sión.

—Nos honra con su presencia, Rey Berius.

—Es lo mínimo que podía hacer, nuestros pueblos se unirán.

El Canciller los observaba, al igual que Luna. Sandoval, notando la actitud de Luna, se acercó a ella:

—¿Qué tiene, Princesa?

—Estoy nerviosa, la verdad no sé qué va a pasar con todo esto.

—No confía en el Imperio...

—¡No!

—Ya somos dos, hay algo que no me agrada. Por cierto, Princesa, con todo respeto, tengo que decir que usted es hermosa.

—Gracias. Lo bueno es que ya tengo un protector.

Todo mundo empezó a retirarse, al igual que los reyes, cada uno por su lado.

En confidencia, el Rey Berius dijo al Canciller:

—¡Todo va saliendo según él plan!

El Canciller respondió:

—Sí, no sospechan nada.

Después de la fiesta, Luna se quedó en la terraza, observando su ciudad. Alguien la llamó por su nombre y, al voltear, Luna vió al General Can.

—General, ¿qué está haciendo aquí?

—Sabes por qué estoy aquí. ¿Tú crees que tu querida ciudad se va a salvar? Deja de jugar y se una líder, ¿o hasta de eso tienes miedo?

—Yo no te tengo miedo, sé que, al final, la luz saldrá y cubrirá a la oscuridad.

—Tú siempre pensando en la preciada luz de tu preciado anillo, ¿crees que será digno del Príncipe León? No será así. Tu imperio va a caer y tú preciada luz también.

El general Can la agarró fuertemente del brazo y la Princesa ahogó un grito.

* * *

Al otro día, la gente se reunió en la ceremonia para firmar el tratado y terminar con la guerra, pero ellos no sabían lo que estaba por venir para la Ciudad de Sión.

David Sandoval, sentado en el sofá del hotel, miraba las noticias cuando su hermana llegó.

La noticias mostraban la llegada del Rey Berius a la ceremonia. Entonces, Sandoval vio algo raro entre los invitados.

—¿Por qué Luna no está ahí?

—Hermano, me informan qué Luna nunca llegó a sus aposentos anoche.

—¡Pero si yo la vi! —dijo Sandoval y salió corriendo hacia el Palacio.

LA TRAICIÓN DEL IMPERIO

—**D**eseo ver al Rey Lux, es importante — pidió David Sandoval.

El Rey lux y el Rey Berius hablaban sobre los beneficios del tratado a distancia, a través de una pantalla de cristal donde se veían ambos reyes en forma orográfica.

—Itzel, hazme un favor, ve al norte en tu moto sónica y dime lo que vez — dijo Sandoval a su hermana, quien lo acompañaba.

Itzel tomó su moto y, desde arriba, observó varias naves flotantes en la frontera de Sión. Inmediatamente le informó a su hermano lo que veía:

—Hermano, veo varias naves flotantes, están fuertemente armadas, listas para atacar. ¡Esto del tratado es un engaño, se infiltraron en la ciudad, van atacar desde adentro! Avísale al Rey, creo que tienen a Luna ahí adentro.

El Rey, listo para salir y firmar el tratado, fue avisado por un guardia qué David Sandoval deseaba verlo. El Rey pidió que lo hicieran pasar y David Sandoval le dijo todo: que era una trampa, que el Imperio quería atacar desde adentro para destruir la cúpula impenetrable, que tenían a Luna. También le dijo que su hermana estaba afuera, viendo las naves listas para atacar. El Rey se encolerizó y afirmó que todo había sido una trampa, le pidió a Sandoval que fuera y salvara a su hija.

Sandoval corrió mientras el Capitán Rox y su pelotón de hombres subieron a una nave con la intención de enfrentar a las otras. Sandoval encontró a su hermana y le pidió que fuera a la ciudad para informar de todo lo que pasaba. Itzel regresó a Sión.

Con un gancho volador, Sandoval se colgó de una nave y, antes de ascender, pidió a los demás que lo siguieran. Entonces el joven empezó a colgarse de una nave a la otra y entró a la nave principal para enfrentar a los guardias: los derrotó. Sandoval dijo a los demás que también entraran y los demás entraron a la nave principal para buscar a Luna.

Después de un rato, un soldado la encontró y lo anunció en voz alta. El soldado la liberó de la prisión donde la tenían.

Itzel le informó a su hermano:

—Esto es raro, los soldados del Imperio se están dividiendo. ¡Oh, no! ¡Van atacar desde diferentes ángulos!

—¡Nos engañaron, es una trampa! Querían que viniéramos por Luna para que la Ciudad de Sión se quedara sin soldados — grita Sandoval —. Rápido, todos regresen a Sión — dijo Sandoval mientras él, sin pensarlo, iba por Luna.

Todos los medios de comunicación y reporteros estaban presentes para la firma del tratado, miles de personas en la plaza de Argentina se removían, ansiosos y felices por el tratado para terminar con la guerra.

El Rey Berius observó al Rey Lux muy seriamente y se acercó a él juntó con sus hombres. El Rey Lux le ofreció:

—Tome asiento, Rey Berius.

—Muchas gracias — respondió él mientras volteaba a ver al Rey Lux —. Lo veo muy serio, ¿acaso pasa algo?

—Nada en realidad, sólo que… — miente el Rey Lux.

—Dígame, tal vez lo pueda ayudar.

—Bueno, es que… se robaron algo que yo quiero tanto…

—Es una verdadera tristeza que en una ciudad tan grande como ésta pasen cosas así. Pero no se preocupe, lo va a recuperar, se lo prometo.

Sandoval, dentro de la nave, derrotó a varios guardias más y siguió peleando mientras el Rey Berius continuaba sentado con el Rey Lux que también tomó asiento. Uno de sus guardias se acercó al Rey Lux y le informó al oído que ya habían encontrado a su hija. Entonces, el Rey Berius preguntó:

—¿Encontraron al ladrón?

—Sí, lo encontramos.

—Alegres noticias, sin duda.

—Y, dígame, ¿cuál es la pena por robo en su Imperio?

—De las más estrictas, claro. ¡Pero hay una excepción!

—Dígame, ¿cuál es?

—Sólo una vieja costumbre que tenemos: no se le condena a un ladrón si este lo hizo por una buena razón, es decir, por salvar al pueblo.

—Es una advertencia al Reinó, ¿verdad, Rey Berius?

—No, se equivoca.

Mientras los reyes conversaban, Sandoval seguía corriendo para llegar a Luna, y el Rey Berius explicó:

—Es una advertencia a la justicia misma. Además, no se le puede condenar a un ladrón que está de nuestro lado.

El pueblo de Argentina seguía feliz por la firma del tratado y el Rey Lux respondió:

—¿Qué quiere decir con eso?

—A lo que me refiero es a que yo mandé al ladrón.

Se escucharon fuertes explosiones en la entrada del Palacio por el lado de la plaza, mucha gente salió corriendo mientras otras murieron al instante. Ambos reyes se miraron a la cara y sacaron sus armas para apuntarse el uno al otro. Los soldados del Rey Berius sacaron espadas flotantes de color negro, provistas de magia negra, y el Rey Lux y sus hombres sacaron también las suyas junto con lanzas luminosas y un bando le apuntó al otro.

En la plaza, los hombres del Imperio empezaron a atacar a la gente en las calles. Dentro de la nave, Sandoval llegó por fin hasta Luna y gritó:

—¡Es una trampa! — y la nave explotó, partiéndose en dos.

En el lado contrario, Luna cayó , pero Sandoval logó agarrarla de la mano.

—La tengo, Princesa — le dijo.

La nave seguía cayéndose a pedazos mientras los soldados del Imperio rompían la barrera invisible que protegía la ciudad. Luna, observando el espectáculo de la ruptura de la barrera, se espantó y gritó a Sandoval:

—¡No! La barrera está desapareciendo, el Imperio la ha destruido.

El Rey Berius y el Rey Lux seguían mirándose a la cara, midiéndose.

—El anillo no te servirá.

—En cuanto me lo lleve de esta maldita ciudad, tampoco te servirá a ti. Alguna vez la Ciudad de Sión subió hasta el cielo, pero yo me encargaré de que caiga al infierno.

La nave estaba a punto de desplomarse por completo y Luna pendía del brazo de Sandoval.

—Sujétese bien, Princesa. La nave no dejará de caer.

—¡Vamos a morir! — dijo Luna, pero Sandoval le aseguró que la sostenía con fuerza.

La Princesa y su protector observaron a varios soldados caer de la nave junto con los pedazos de metal que se desprendían de esta. Fue entonces cuando la barrera desapareció por completo y las naves del Imperio logaron entrar y atacaron con sus misiles los edificios, las calles, la plaza.

El capitán Rox dijo rápidamente:

—Unidad 1, unidad 2, muévanse rápidamente.

Uno de sus hombres preguntó:

—¿Y el agente de la BBA?

—No sé preocupen por él, su hermana está aquí y es igual de buena que su hermano.

Itzel apareció con una ametralladora y la usó para disparar contra los soldados del Imperio. Las naves abrieron sus puertas y de ella salieron soldados robots para asentarse dentro del Palacio. Inmediatamente comenzaron a matar a todos los que encontraron dentro. Al mismo tiempo, el Rey Berius se retiró tranquilamente mientras su soldados robots buscaban a la realeza para acabar con ella.

El Rey Lux formó una barrera invisible para proteger a sus hombres, pero muchos fueron alcanzados por las balas, muriendo al instante. Entonces, el Rey, desesperado, se puso el anillo y sacó una espada de luz azul para luchar contra los robots del Imperio. Luego, se acercó a Itzel y le dijo:

—Te quedas al mando, yo tengo algo importante que hacer.

LA GUERRA POR ARGENTINA

El capitán Rox se retiró mientras la nave dónde estaba Luna y Sandoval caía a pedazos. Sandoval por fin logró subir a la Princesa a la parte de la nave que conservaba estabilidad. Juntos, se metieron a un compartimiento para tomar una pequeña cápsula de escape y, aunque lograron salir de la dañada nave con la cápsula, se dieron cuenta que esta también estaba dañada.

Mientras tanto, dentro del Palacio, el Rey Lux siguió peleando contra los soldados del Imperio. Junto a él, sus aliados sacaron las espadas y lo ayudaron a pelear, pero en esos momentos una nave más del Imperio se colocó arriba del Palacio Real y un soldado cayó sobre este. Este soldado era el General Can, llevaba una armadura llena de picos filosos y un casco igual de peligroso. Su espada era filosa y, al igual que la armadura, estaba cubierta de protuberancias.

El General encontró al Rey y, midiéndolo, le dijo:

—¡Su reino termina aquí!

La cápsula dónde iba Sandoval empezaba a deshacerse cada vez más rápido y, dentro de ella, Luna dijo:

—No puede terminar así.

—¡Oh, Princesa! ¿Entonces cómo tendría que acabar? — le respondió Sandoval.

—La verdad… no lo sé. ¡Pero no puedo ver a mi ciudad caer sin poder hacer nada!

—¿Acaso tiene un plan? Dígame, la escuchó atentamente. Si es que funciona…

—¡No me estás escuchando! ¡No puedo dejar que mi ciudad caiga!

—Luna, ¿qué no tiene miedo?

—¡Claro que sí! Le tengo miedo a no hacer nada — diciendo esto, Luna brincó de la nave, y Sandoval dijo, más para sí mismo:

—¡Tiene que ser una broma! — e inmediatamente fue tras ella, alcanzó a tomarla en brazos y juntos cayeron sobre el techo de un edificio.

—Princesa Luna, ¡ya deje de hacerse la valiente! Ahora es un buen momento para hacer uso de la magia...

—¡Tienes razón! Tenemos que ir con mi padre.

Sandoval respondió afirmativamente.

En el Palacio, los soldados de Rey Lux seguían peleando, junto con su rey, contra el General Can. Las espadas chocaban continuamente, pero la del General era más poderosa y rompía fácilmente las armas de sus contrincantes. Muchos de los aliados del Rey Lux murieron ese día.

Viendo a sus soldados caer, el Rey Lux hizo una barrera para detener el ataque, pero el General Can atacó entonces con más fuerza, una y otra vez.

El Rey Lux ya no pudo sostener más la barrera y cayó. Con el Rey a sus pies, el General dijo:

—Este es tu fin.

LA MUERTE DEL REY LUX

David Sandoval llegó al Palacio con una bazuca y lanzó un misil al General Can, el General explotó. Sandoval levantó al Rey y le dijo:

—¡Rápido, vámonos!

Luna y su padre siguieron a su protector, pero, sin completar el camino, el Rey se detuvo y tomó la mano de su hija, diciéndole:

—Hija mía, nuestros caminos se separan ahora. Busca al Príncipe León y dale el anillo.

—¡Padre! ¿Qué estás diciendo?

—Te amo, hija.

El Rey le dio anillo y se despidió de ella por última vez.

—¡No, padre!

Entonces, su padre construyó una barrera para protegerla y pidió a Sandoval:

—Protégela, la dejo en tus manos.

El Rey Lux, con la poca magia qué le quedaba, atacó al General Can, pero el General era más poderoso.

—¿Eso es todo lo que te queda, Rey? Tu magia se termina al igual que tu Imperio. Sión va arder y tú morirás junto con tu gente.

El General cortó la mano al Rey Lux y enterró su espada en el estómago del hombre, penetrando su cuerpo. Antes de morir, el Rey miró a su hija escapar.

Luna, observando la escena, gritó de dolor por la muerte de su padre. Gritó, gritó y no paró de gritar:

—¡Papá, papá!

Sandoval la abrazó más fuerte, obligándola a avanzar cada vez más lejos del cuerpo de su padre. Luna, con lágrimas nublándole los ojos, miró al General Can, lo miró con odio.

Luna y Sandoval corrieron por el Palacio y en los pasillos se toparon con Hernes, el hermano de Luna.

—La muerte de nuestro padre es una pérdida importante, pero fue por el bien de nuestro Imperio.

—¿Qué estás diciendo?

—Ay, hermanita mía, ¿tú quién crees que dejó entrar al Imperio a nuestra ciudad? ¡Fui yo! Tenía que hacerlo para traer la paz.

—¡Maldito seas! ¡Mataste a nuestro padre, no te lo perdonaré!

—¿Y qué importa tu perdón? Él ya está muerto. Ahora, hermana, por favor dame el anillo.

Hernes le quitó el anillo y se lo puso, pero, en cuanto esté tocó su dedo, empezó a gritar de dolor porque el anillo lo rechazaba. Cayó inconsciente y Luna aprovechó para quitarle el anillo.

—¡Y yo me quejo de mi hermana! — dijo Sandoval con un deje de ironía mientras tomaba a Luna por un brazo.

Juntos, bajaron al estacionamiento, subieron a un coche y salieron rápidamente por la carretera. Ya dentro del coche, Sandoval se comunicó con su hermana para informarle del punto de reunión

Mientras tanto, el General habló al Imperio:

—La Princesa Agua Luna intenta salir de la Ciudad de Sión para ir a Buenos Aires. La orden es perseguirla para quitarle el anillo. Tiren a matar.

CORRE, ESCÓNDETE

L una no podía parar de llorar por la muerte de su padre. Sandoval trató de alentarla y marcó a Itzel para pedirle qué llamará a su líder, Ana Rosa.

Itzel cumplió con el pedido de su hermano y llamó a México. Puso a Ana Rosa al tanto de todo lo que había pasado en Sión, le contó sobre la traición que se había cometido por parte del Imperio.

—No sé si esto lo pudo haber hecho un solo traidor, pero, ¿quién sabe? ¡Tal vez hay más traidores involucrados infiltrados en Argentina! — dijo Ana Rosa, pero, tras investigar, descubrió algo más aterrador

Ana Rosa mostró a Itzel una foto de uno de los hombres más poderosos del Imperio. Itzel se quedó anonadada y se dio la media vuelta, subió a su auto y rápidamente fue al encuentro de su hermano.

Por otro lado, Sandoval seguía tranquilizando a Luna.

—No puedo estar tranquila después de lo que pasó.

—No se preocupe, Princesa. Saldremos de esta.

—Eso espero. El anillo no puede caer en manos... —antes de terminar su oración, Luna gritó.

Una bala había roto el cristal del auto. Sandoval vió entonces una nave del Imperio y empezó a dispararle. Le advirtió a Luna que se agachara. De la nave salió un robot gigante con ametralladoras, lanzas, misiles, y disparó.

En el afán de evitar los disparos, el auto se estrelló contra una casa y Sandoval sacó rápidamente a Luna. Le preguntó si estaba bien y ella respondió que sólo estaba asustada. Salieron del auto y corrieron por calles entrando y escondiéndose dentro de una casa abandonada y, ahí, Sandoval distrajo a Luna con una plática, le aseguró que todo estaría bien, que pronto terminaría. Luna trataba de ser optimista pero no podía y Sandoval le prometió protegerla hasta el final: Luna confiaba en él.

Fueron encontrados por soldados del Imperio que comenzaron a dispararles. Sandoval y Luna salieron corriendo, no pararon de correr mientras las naves y los soldados los perseguían. Llegaron a una pequeña plaza donde los soldado por fin lograron rodearlos.

Llegó un coche a toda velocidad y, desde dentro, un soldado disparó a los robots. Se abrieron las puertas del auto y quién salió de él fue el Capitán Rox, sonriendo. El Capitán afirmó que todo estaba bien, pero, mientras hablaba, un soldad del Imperio, con una pistola, tomó a Luna desprevenida y juró que, si se atrevían a moverse, la mataría.

El soldado le exigió a Luna que le entregara el anillo:

—Cuánta gente ha muerto por esto, ¿y por qué?, ¿por un anillo? ¿Qué es lo que tiene que todo mundo lo quiere?

—Poder, un poder que nunca entenderías.

El soldado se puso el anillo y aquel fuerte soldado del Imperio murió al instante, se quemó: el anillo también lo rechazó.

El Capitán Rox le preguntó a Luna cómo se encontraba. Luna respondió que estaba bien y el Capitán, todavía dentro el coche, le pidió a ambos que subieran al coche para irse, pero en ese momento llegó Itzel a toda velocidad en su coche.

Sandoval volteó y vio a su hermana, quien no bajó la velocidad y se estrelló contra el coche el del

Capitán Rox, el cual quedó destruido. Sandoval, sorprendido, le gritó a su hermana. Ella salió rápidamente del coche y le dijo:

—¡Tenemos que irnos de aquí, rápido!

—¿Por qué dices eso?

—Por él.

—¿El Capitán Rox? — le respondió Sandoval con incredulidad.

—El Capitán Rox no es quien creemos que es, él es el General Can en realidad

—¡No! El traidor era mi hermano... — respondió Luna.

—Sí, pero tu hermano trabaja para alguien más, para él — Itzel señaló al Capitán Rox —, el único infiltrado del Imperio, el Capitán Rox disfrazado del General Can.

El auto de Itzel comenzó a moverse lentamente y fue aventando a varios metro de altura antes de caer al suelo, destruido completamente. Quien creían que era el Capitán Rox ahora llevaba una armadura blindada con picos en la espalda, hecha de acero y titanio, al igual que la máscara que tenía en su interior una pantalla. En la mano cargaba una espada del color del jade, forjada en plata y acero. Ahora era obvio, sin su traja del ejército de Argentina, que era en realidad el General Can, quien había levantado y lanzado el coche de Itzel con una tecnología de telequinesis.

—¡Maldita niña estúpida! — dijo el General a gritos —. Así que adivinaste quién soy. No importa, mataré a los dos agentes y Luna y ese maldito anillo vendrán conmigo.

David Sandoval, muy enojado, le contestó:

—Eres un traidor, ¿por qué haces esto?

—¿Por qué? Te diré por qué: el Imperio es muy poderoso, hay que ser sinceros, jamás podremos con ellos, es mejor unírnosles. Todo sea por la paz y la justicia.

—¿Paz y justicia? ¿Qué tienen que ver con matar a personas inocentes? Vas a pagar por esto y por matar al Rey — le replicó Sandoval.

—Trabajaste para mi padre... y tú lo mataste... ¡no te lo voy a perdonar!

—¡Basta de tonterías, Luna! Tú vendrás conmigo.

LOS SABIOS

Entonces, el General Can paró el auto y corrió a toda velocidad hacia Sandoval, lo atacó con su fuerte espada. Itzel le disparó varias veces, pero la armadura del General era impenetrable y las balas no le hacían ningún daño. Con su fuerte espada, lastimó a Sandoval, quien le pidió a gritos a su hermana que se llevara a la Princesa. Luna salió corriendo hacia Itzel pero, antes de llegar a ella, Luna se detuvo, observó el anillo y luego a Sandoval. Le gritó:

—¡Toma el anillo y póntelo!

El General Can se lanzó contra la Princesa Luna y Luna se agachó para evitarlo. Sandoval se puso el anillo. Tan pronto el anillo tocó su dedo, Sandoval comenzó a convulsionarse y, lleno de dolor, todo su paisaje se volvió gris, el tiempo se detuvo. Sandoval vio al General Can atacando a Luna, pero todo lo veía en cámara lenta y a lo lejos escuchaba una voz:

—¿Quién te crees tú para entrar a este lugar sagrado? Este es un santuario prohibido para los hombres.

Frente a Sandoval se aparecieron unos sabios con grandes armaduras y capuchas moradas. En las manos sostenían grandes espadas. Sandoval no se sorprendió, les dijo:

—Ustedes son los sabios, ¿verdad?

—Sí.

—Hasta que deciden aparecer, ¡son unos cobardes!

—¡Cómo te atreves hablarnos así! Tú eres un simple mortal.

—Sí, un simple mortal, pero con un gran y humilde corazón, y no le temo a la magia. Ni a ustedes.

—Deberías temernos.

—¿Yo? ¿A ustedes? ¡Jamás! ¿Qué no están viendo? Muchos están muriendo por su culpa y por culpa de este anillo. ¡Ustedes dicen traer la paz, pero sólo traen dolor y sufrimiento, y muerte!

—¡Cómo te atreves! Morirás por eso.

—Morir... no le tengo miedo a la muerte, le tengo miedo a no hacer nada. La Princesa Luna va a morir por su culpa, mi vida no vale, nada vale más que proteger a los que amo. Si tengo que morir... ¡que así sea! — Sandoval derramó una lágrima.

Los sabios lo observaron y le respondieron:

—Tu corazón es valiente, y tienes honor. Nadie nos había hablado así, nadie nos ha retado. En ti vemos algo diferente, un corazón puro, de luz. Tal vez sí seas digno de portar el anillo.

—¡NO! Eso jamás — respondió otro sabio —, aunque tenga un corazón digno, no puede portar el anillo pues el anillo sólo lo puede portar alguien del linaje de la realeza.

—Y él no es de la realeza — otro sabio enunció.

—Tienes razón, no es digno de portar el anillo real, pero tal vez sea digno de portar una piedra dorada.

—Tal vez...

Entonces los sabios alzaron sus manos y de la luz salió una piedra dorada.

—Protegida por la Princesa Esmeralda, las siete piedras nunca deberán unirse, o será el fin. Grandes enemigos te perseguirán por la piedra, tu vida estará en peligro, pero con ella traerás la paz y justicia, traerás la luz al mundo. Pero grandes peligros te esperan, ¿estás dispuesto a correr el riesgo?

Sandoval vio la piedra, sabiendo que representaba una gran responsabilidad, agarró la piedra y, con la piedra, su mano se volvió brillosa como la luz. Dijo:

—Aceptó la responsabilidad. Protegeré esta piedra con mi vida, pero, con una condición...

—Dinos.

Sandoval empezó a decirle a los sabios:

—Es mi hermana Itzel, escúchenme con atención...

Los sabios escucharon a Sandoval y aceptaron el acuerdo:

—Regresa con la Princesa Luna y restaura la luz en el mundo.

LA PELEA FINAL

El tiempo regresó de nuevo a Sandoval y este usó por primera vez la piedra dorada. Lanzó un rayo de luz como relámpago y golpeó fuertemente al General Can.

Sandoval, sorprendido de sí mismo, le dijo a su hermana:

—Sal de aquí con Luna — mientras le entregaba el anillo a Luna.

Luna se quedó sorprendida al ver que Sandoval ya tenía una piedra dorada con una magia y un poder ilimitados. Sandoval le dijo a la Princesa:

—Dile a mi hermana que se ponga el anillo y váyanse de aquí las dos. ¡Ya!

El General Can trató de ir tras Luna, pero Sandoval hizo una barrera protectora invisible y, con una de sus manos, sacó un poderoso rayo que golpeó fuertemente al General Can. Itzel, por otro lado, se metió al auto con Luna y arrancó a toda velocidad por la carretera.

Viendo a su hermana y a la Princesa seguras, Sandoval observó cómo sus manos se llenaban de energía y atacó de nuevo al General. Sandoval, feliz, se dijo a sí mismo:

—Podría acostumbrarme a esto.

Entonces, el General Can sacó su espada y la enterró en el suelo. De esta salieron sombras negras, oscuras, y de las sombras salieron monstruos. El General ordenó a sus bestias que atacaran.

Esas criaturas extrañas eran semejantes a dragones y arremetieron contra Sandoval mientras el General Can, con gran velocidad, saltó hasta tres metros de altura para perseguir a la Princesa Luna. Sandoval peleaba contra los monstruos.

Itzel gritó a la Princesa:

—El General Can nos está alcanzando.

Y en ese momento el General aterrizó encima del auto y enterró de nuevo su espada, ahora en el techo de este. Itzel y la Princesa Luna se agacharon, pero, ya dentro del auto, el General Can atacó a Itzel.

—Conduce tú — pidió Itzel a Luna mientras sacaba una pistola y disparaba.

El General resultó herido e Itzel volvió a tomar el volante, deslizándose hacia un muro entre el cual quedó atrapado el General Can antes de caer al suelo. Itzel siguió manejando a toda velocidad y su hermano derrotó a los dragones. Después, volviéndose hacia el General, Sandoval lo alcanzó con gran velocidad.

Cara a cara, los dos hombres se midieron, Sandoval lo atacó con los rayos de la piedra dorada, pero el General, con su espada, detuvo el poder de Sandoval y le aseguró que no podría derrotarlo.

Ya lejos de la pelea, Itzel se detuvo al llegar a las afueras de la ciudad. Por otro lado, el Canciller veía la pelea y le aseguraba al Rey Berius que todo estaba ganado, pues Sión ya había sido destruida. El Rey pidió a su canciller que buscara al Príncipe León y qué le diera muerte. Bajo las órdenes de su rey, el canciller se retiró, al igual que el Rey Berius, quien dejaba la ciudad en manos de sus poderosas naves.

Itzel bajó del auto, observando, a lo lejos, la feroz pelea qué su hermano libraba contra el General Can. Se preguntó cómo podía ayudar a su hermano y se dijo que, si pudiera, lo haría. Entonces Luna volteó a verla:

—Ponte el anillo, tu hermano dijo que te lo pongas.

—Pero, ¿por qué yo?

—Eso dijo él, ¡sólo póntelo!

—Bueno, si mi hermano lo dijo…

Itzel se puso el anillo e inmediatamente comenzó a gritar de dolor. Todo en su vista su puso gris y el tiempo se detuvo. Entonces, Itzel, como su hermano, miró a los sabios.

Los sabios dijeron:

—Tu hermano pelea por la luz del mundo, pero necesita ayuda. Tu ayuda.

Itzel se quedó sorprendía y los sabios prosiguieron:

—Tendrás el tridente de una princesa, Itzel.

La joven vio una luz.

Mientras tanto, su hermano seguía peleando, pero el General detenía el poder del anillo con su espada cada vez. Cuando no pudo detenerlo más, el General lo golpeó fuerte y Sandoval se cubrió con las manos. Pero, para sorpresa del General y de Sandoval, de la piedra dorada salió un espada transparente y luminosa, de color azul brilloso. El General, estupefacto, dijo:

—¡Esto no es posible! ¿Por qué tú? Maldito niño, te asesinaré. ¡Malnacido!

Sandoval lo lastimó con la nueva espada azul y respondió:

—Cállate.

El General siguió atacándolo con su espada y Sandoval con la suya. El General, con un último ataque, lo azotó en el suelo antes de aventarlo a varios metros de largo. Sandoval cayó al suelo.

—Este es tu fin — gritó el General —. ¡Nunca debiste salir de México para meterte en una guerra que no te pertenece! Ahora tú morirás aquí.

ITZEL VUELVE AL CAMPO DE BATALLA

El General apuntó a Sandoval con su espada mientras el joven estaba en el suelo, de rodillas. Pero, entonces, apareció Itzel con un tridente luminoso del cuál salían relámpagos. La joven aventó el tridente y golpeó al General, rompiendo su casco.

El General Can, que en realidad era el Capitán Rox, gritó:

—¡Maldita sea!

El tridente regresó a las manos de Itzel y ella alzó su mirada al cielo, levantó el tridente y esta produjo fuertes relámpagos. Itzel condujo los relámpagos hacia las naves del Imperio, haciéndolas explotar en el aire. Las naves cayeron a pedazos, una tras otra, gracias a los relámpagos.

El Capitán Rox se molestó muchísimo e Itzel, viendo su reacción, lanzó de nuevo su tridente hacia el cielo y destruyó las naves restantes. Sandoval le dijo:

—Los sabios te dieron este poder, ¿verdad?

—Sí, gracias hermanito.

—De nada, eres mi hermana y te quiero mucho.

—¡Ya basta de tonterías! — interrumpió el General Can —. Los mataré a los dos — y se lanzó contra Sandoval y su hermana.

Los dos hermanos pelearon ferozmente, el suelo tembló con los impactos de las armas. El General se defendió incansablemente, pero Itzel lo atacó con su tridente y Sandoval con la piedra dorada y con su espada azul. El General desviaba el poder de ambos, destruyendo varios edificios a la vez. La ciudad estaba en llamas, destruida.

El General consiguió golpear a Itzel y la dejó inconsciente, en el suelo. También superó la fuerza de Sandoval, lo golpeó con su espada, y lo agarró del cuello.

—¡Maldito niño! ¿Creíste que podrías derrotar a un Imperio? No seas tonto, nunca te habías enfrentado a un poder como el mío, vas a caer como cayó el Rey Lux. Y luego… caerá tú querido México.

Para ese entonces, Itzel recuperó el conocimiento y volvió a tomar su tridente luminoso. La joven le lanzó el arma al General, lastimándole una pierna. Aprovechando la herida, Sandoval sacó un cuchillo y se lo enterró en el cuello al General, quien cayó al suelo sangrando y derrotado. Sandoval y su hermana lo observaron, el joven dijo:

—Te has equivocado, el amor nos hace más poderosos que tu odio. Luchamos por la paz y la justicia.

—¿Paz? No entiendo… — respondió Can.

—Usted nunca entenderá — le dijo Itzel.

El General, qué era el Capitán Rox, cerró los ojos y murió.

VOLVER A CASA

Itzel y su hermano se abrazaron fuertemente, tras de ellos la Ciudad de Sión estaba completamente destruida. Se acercaron a Luna para pedirle que fuera con el Príncipe León. Luna les contestó a los dos hermanos que no:

—Primero tengo que ir a Buenos Aires y luego a Patagonia para que los gobernantes de Argentina se enteren de esta traición. Estaré bien, ustedes dos regresen a México

—¿Está segura, Princesa?

—No se preocupen por mí.

—Entonces esto es un hasta pronto. Nos veremos de nuevo.

—Así va a ser, y tú, Sandoval, cuida esa piedra dorada. Hazlo por mí y por mi padre.

—Lo haré, Princesa.

Luna se dio la media vuelta y se fue. Itzel le gritó

—¡Princesa Luna! Cuando vaya a México, la recibiremos como una reina.

Luna les sonrió a los dos.

Sandoval y su hermana llamaron a Ana Rosa para pedirle que los sacara de Argentina. Cuando volvieron a México, los dos hermanos ya eran muy diferentes. Entonces decidieron buscar a jóvenes súper humanos con súper poderes, con poderes sobrenaturales, para así, juntos, proteger al mundo.

***

—Es todo lo que te puedo contar, mi querida Ruth. Así es mi historia.

—Entonces, ¿qué le pasó a la Princesa Luna?

—Le recomendé que fuera con mi amiga Violeta, qué es la líder del sector A, en Argentina. Lo último de lo que me enteré es que Luna llegó con ella, y ella y sus compañeros, qué son hechiceros, la protegen del Ejército Imperial.

Ruth se queda sorprendida de todo lo que ha escuchado. Justo en ese momento, todos los excompañeros de Sandoval, los del sector B, llegan. Sandoval les presenta a su novia, Ruth Vallantain.

Les dice a sus compañeros del sector B:

—Centro Lunar regresó. ¡Acabemos con ellos!

—Sí, ya nos enteramos. Amigo, Centro Lunar ya tiene cuatro de las piedras doradas, sólo les faltan tres.

—Pues la mía no la tendrán. Muy bien, andando.

Sandoval sostiene fuerte a Ruth, ambos se miran y él promete protegerla hasta el final. Grandes riesgos vienen para ellos, pero es más importante el amor que hay entre los dos.

¿Fin?

EPÍLOGO

En Argentina, en la Ciudad y Reinó de Jacob, el Príncipe León está triste y preocupado por la Princesa Luna.

—Luna, espero que estés bien. Te voy a salvar, te lo prometo.

En la Ciudad de México, cerca de Santa Fe y Lomas, en el edificio del pantalón, dentro de unas oficinas, una joven rubia con vestimenta negra se sienta de espaldas. El rostro no se le ve, sólo se le ve un ojo de color rosa, en forma de ojo de gato.

Detrás de ella aparecen hologramas de siluetas negras, son los miembros de Centro Lunar. La joven dice:

—Ja, ja, ja, ja. ¿Cuándo fue la última vez que nos reunimos todos?

—Siete años, antes de que el Capitán Rox nos traicionara.

—Lo importante es que estamos de vuelta.

—Lo importante es concentrarnos en nuestro plan.

La joven del rostro escondido responde:

—Nuestro objetivo es obtenerlo todo. Esto incluye las siete piedras doradas.

Luna llega a Patagonia y se acerca al sector A de la BBA. Pregunta por Violeta, se la presentan y ella dice:

—David Sandoval me mandó a buscarte.

—Princesa Luna, aquí estará a salvo. ¡La protegeremos! — le contesta Violeta.

—En verdad se lo agradezco. ¡MUCHAS GRACIAS!

PRÓXIMAMENTE

BBAGENCIA
VOYNICH